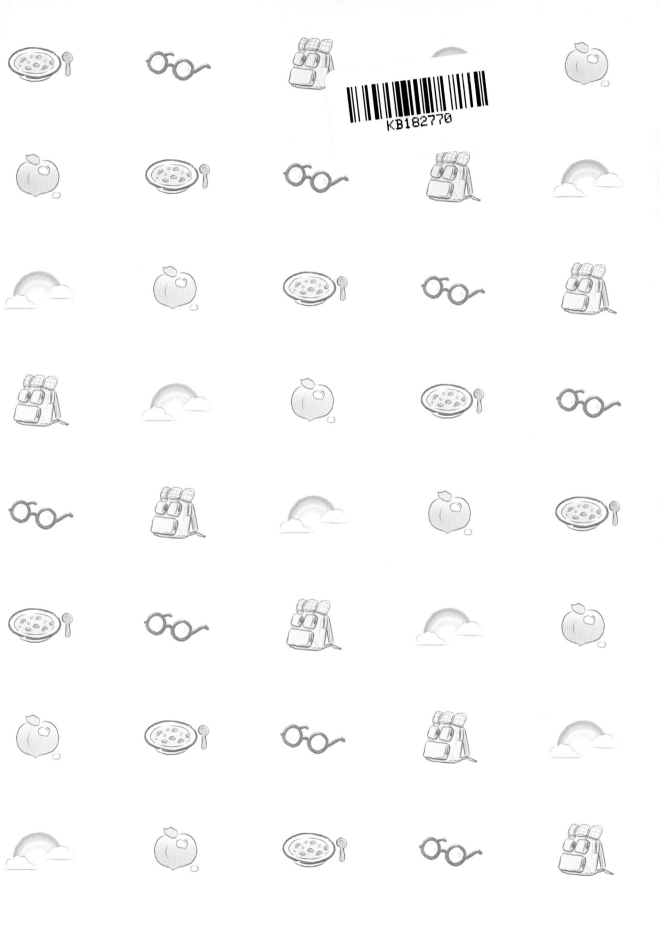

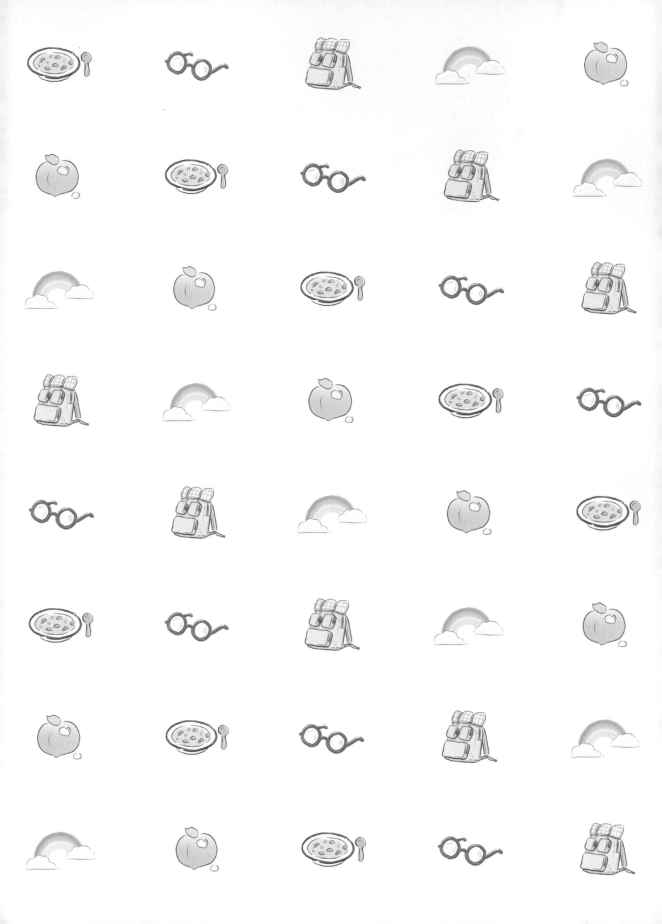

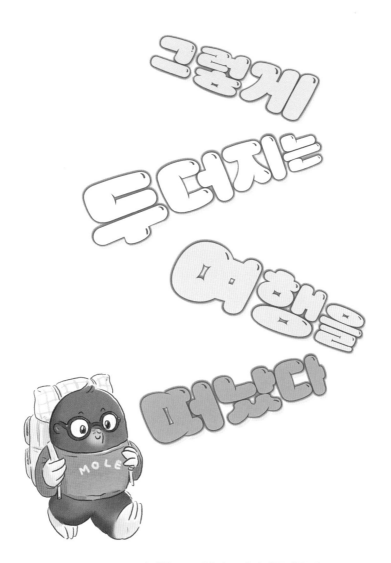

글 김지원 그림 웰시코기사이클링클럽

작가의 말

드넓은 세상으로 향하는 문을 활짝 열어 보아요!

어린이 여러분, 피아노 치는 게 어려울 것 같아 배우기를 미루고 있나요? 아니면 새 축구 교실에 나가는 게 낯설어 주저하고 있나요? 그렇다면 이 책의 주인공 두더지 이야기에 귀 기울여 보세요.

겁 많고 소심했던 두더지는 비좁은 땅속에 혼자 살아요. 요리하는 게 유일한 즐거움이죠. 그러던 어느 날 뜻하지 않게 들쥐 산들이를 만나요. 산들이를 통해 신기하고 아름다운 세상 이야기를 듣게 되지요. 바깥세상에 대한 궁금증과 호기심이 가득해진 두더지는 비로소 땅속 집을 나와 여행을 떠나게 돼요.

우리는 살아가면서 종종 두려운 순간과 맞닥뜨려요. 또 용기가 부족해서 새로운 일에 도전할 엄두를 못 내기도 하고요. 작은 두더지에게 무서운 적들이 여기저기 도사리고 있는 땅 위로 나간다는 건 결코 쉬운 일이 아니었을 거예요.

어린이 여러분, 익숙한 집을 벗어나 낯선 사람들 속에서 새로운 것을 배우는 게 두렵고 힘든가요? 맞아요, 힘든 게 당연해요. 하지만 두려움 때문에 멋진 경험을 번번이 놓치는 건 너무 아깝지 않나요?

　　드넓은 세상으로 향하는 문은 활짝 열려 있어요. 당장 다른 나라나 낯선 장소에 가지 않더라도, 가까운 공원에 한번 나가 보세요. 자연은 눈부시게 아름답고, 그 안에 깃들어 사는 동물들과 식물들은 또 얼마나 많은지요! 그리고 상상해 보세요. 생물학자가 되어 희귀한 곤충을 발견하고, 그 곤충에 새로운 이름을 붙여 주는 순간을요. 상상만 해도 가슴이 두근거리지 않나요? 무엇이든 꿈꿀 수 있고 될 수 있는, 무한한 가능성을 지닌 여러분들의 세상을 조금씩조금씩 넓혀 나가 보세요. 경험의 순간이 많을수록 좌절의 순간도 많아지겠지만, 이 책의 주인공 두더지처럼 용기를 내어 도전을 멈추지 말자고요. 한 걸음씩 새로운 것들을 향해 나아간다면 지금보다 멋진 자신을 발견할 수 있을 거예요.

동화 작가 김지원

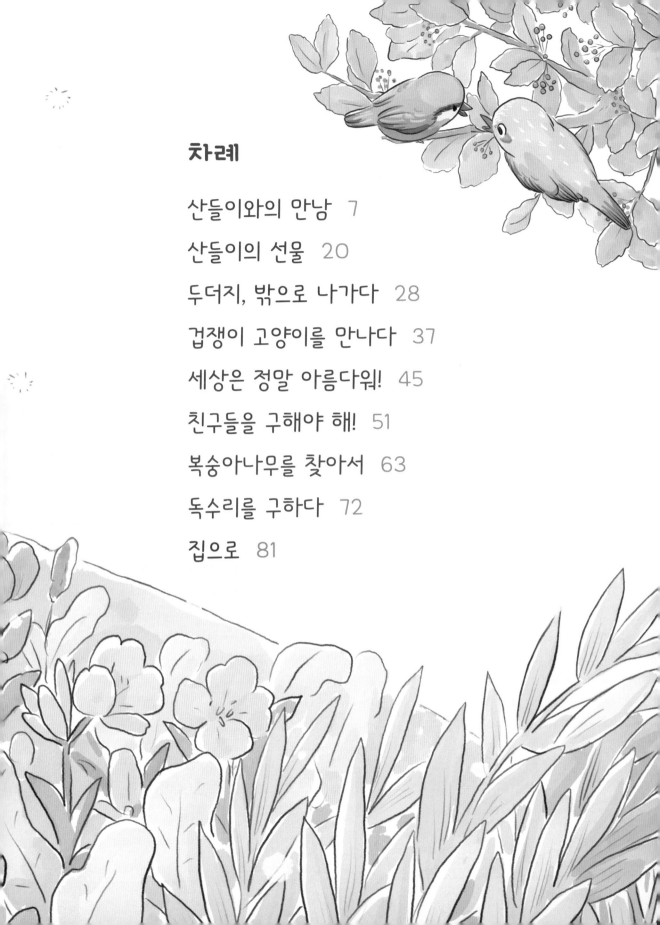

차례

산들이와의 만남

와르르 무너지는 소리에 깜짝 놀란 두더지는 막 수프를 뜨려던 국자를 들고 소리가 나는 곳으로 달려갔다.

"아이코."

외마디 소리와 함께 난데없이 들쥐가 식탁 위로 쿵 떨어졌다. 들쥐는 흙더미를 잔뜩 뒤집어쓴 채 자기 몸집보다 커다란 당근을 움켜쥐고 있었다.

"아니, 이게 무슨 일이야? 식탁을 엉망으로 만들어 놨잖아."

아침 식사를 준비하던 두더지는 엉망이 된 식탁을 보고

는 짜증을 냈다.

"미, 미안해."

들쥐는 아픈 엉덩이를 문지르며 두더지를 쳐다봤다.

"놀랐잖아! 아침부터 남의 집 지붕에 구멍을 내면 어떡해?"

두더지는 얼굴을 잔뜩 찌푸리며 들쥐를 노려봤다.

"놀란 건 나도 마찬가지야. 하필 여기가 너희 집 지붕일 줄이야."

"어쩌다 우리 집으로 떨어진 거야?"

"지금 난 여행 중이거든. 아침으로 뭘 먹을까 두리번거리다가 크고 싱싱한 당근이 눈에 띄길래 뽑다가 그만……."

"뭐? 여행을 한단 말이야? 집에서 편하게 먹고 뒹굴며 노는 게 최고지, 여행은 무슨."

"모르는 소리! 우물 안 개구리처럼 집에만 있는 건 세상에 대한 모욕이야. 우리가 사는 세상이 얼마나 넓고 볼 게 많은데 시간을 낭비하니?”

들쥐는 온몸에 묻은 흙먼지를 털어 내며 말했다.

“편하고 좋은 집을 놔두고 쓸데없이 고생하고 다니는 게 시간 낭비지. 아니야?”

두더지는 식탁에 떨어진 흙먼지를 행주로 닦으며 들쥐 말에 대꾸했다.

“얘도 참.”

들쥐는 눈을 흘기며 두더지를 쳐다봤다.

“얼른 씻고 이리 와서 밥이나 먹어. 배고픈 것 같은데.”

두더지는 호박과 고구마와 지렁이를 잘게 다져 넣은 수프를 들쥐 앞에 올려놓았다.

“엄청 배고팠는데……. 와, 맛이 기가 막힌걸!”

들쥐는 오랜만에 식사다운 식사를 해서인지 만족스러운 표정으로 말했다.

“거봐, 내 말이 맞잖아. 별것도 아닌 수프가 맛있다고 난리인 걸 보면. 그동안 고생을 꽤 많이 한 것 같은데, 안

그래?"

두더지는 히죽히죽 웃으며 국자 한가득 수프를 떠서 들쥐 그릇에 더 담아 주었다.

들쥐는 자기 말에 꼬박꼬박 토를 다는 두더지가 얄미워 뾰로통한 표정을 지으면서도 수프를 남김없이 싹싹 핥아먹었다. 두더지는 들쥐가 그릇을 깨끗이 비우는 것을 힐끗 보더니 흐뭇하게 미소를 지었다.

"참, 난 산들이라고 해. 산과 들을 쏘다니는 걸 좋아해서 엄마 아빠가 지어 준 이름이야. 넌?"

"나? 그냥 두더지지 뭐."

두더지가 머리를 긁적이며 말했다.

"이 세상에 어렵게 태어났는데 멋진 이름 하나 가지고 있으면 좋잖아?"

"이름 같은 건 있어서 뭐 하게? 혼자 사는데 누가 불러 준다고."

"녀석, 답답하기는."

산들이는 식탁 위 접시에 담긴 풍뎅이튀김을 오도독오도독 씹으며 말했다.

"온종일 혼자 집에만 틀어박혀 있으니 이름을 불러 줄 친구가 없는 거지. 바깥세상에 대해서는 전혀 모르는 거야?"

산들이는 눈을 반짝이며 두더지 코앞에 얼굴을 바짝 들이댔다. 두더지는 털에 덮인 작디작은 눈을 깜박이며 고개를 갸우뚱했다.

"그야 땅 위 바깥세상엔 우릴 노리는 올빼미나 오소리, 여우 같은 꽤씸한 녀석들이 돌아다니고 있지."

"그리고?"

산들이는 짓궂게 웃으며 두더지를 쳐다보았다.

"돌이랑 풀도 있고, 내가 좋아하는 시냇물도 흐르고, 음……."

"네가 아는 세상은 그게 전부인 거지? 그렇지? 그렇지? 응?"

"아니. 더 있다 해도 난 관심 없어. 어차피 시력이 나빠서 잘 보이지도 않으니까. 난 땅속 우리 집이 훨씬 더 좋다고."

"바보. 저 바깥세상은 어마어마하게 넓고 커. 크다고 표현하기에도 벅찰 정도로. 네가 매일매일 헤집고 다니는 땅속만큼이나 커다란 코끼리가 있는가 하면, 목이 길디긴 기린도 있어. 목이 어찌나 긴지 하늘 위 무지개까지 닿을 정도라니까."

"무지개? 그게 뭔데? 맛있는 먹을거리라도 돼? 내 새로운 레시피에 한번 넣어 볼까?"

산들이는 두더지의 말에 기가 막혀서 할 말을 잃었다. 그러고는 팔짱을 끼고 의자에 삐딱하게 기대어 말했다.

"바깥세상에 대해 정말 아는 게 없구나!"

"녀석, 그까짓 세상 구경 좀 했다고 잘난 척하기는."

"무지개는 비가 갠 뒤 하늘에 생기는 일곱 빛깔의 띠야. 얼마나 아름다운지 직접 보지 않고는 상상하기도 힘들걸?

혹시 밤하늘의 달이랑 별은 봤니?"

산들이는 두더지 얼굴을 빤히 쳐다보며 물었다.

"음, 어렴풋이 본 것도 같고. 하지만 난 눈이 나빠서……."

"흥, 넌 자꾸 눈이 나쁘다는 핑계만 대는구나. 네가 소심한 겁쟁이 두더지인 거 난 다 눈치챘거든. 바깥세상에 아무리 관심이 없더라도 달과 별은 꼭 보도록 해. 밤하늘 가득히 총총 박혀 있는 별들은 마치 보석을 뿌려 놓은 듯 아름다우니까."

산들이는 눈을 살포시 감고 꿈을 꾸듯 입가에 미소를 지었다.

"그것뿐만이 아니야. 바오바브나무는 나무줄기가 얼마나 두꺼운지 우리 들쥐 몇천 마리가 에워싸도 모자랄 정도라니까. 하늘만큼 높이 뻗은 삼나무는 또 어떻고. 꼭대기에 올라가면 아마 별도 만질 수 있을걸?"

두더지는 자기도 모르게 산들이가 들려주는 이야기에

푹 빠져들었다. 잘 모르긴 해도 바깥세상이 놀라운 곳이라는 건 느낄 수 있었다. 산들이는 목이 마른지 컵에 담긴 연잎차를 벌컥벌컥 마시며 말을 이어 갔다.

"물론 우리처럼 작고 약한 애들을 노리는 나쁜 녀석들도 많은 건 사실이야. 하지만 구더기 무서워 장 못 담글까. 안 그래?"

"뭐? 구더기가 무섭다고? 그게 말이 돼? 내 레시피에도 자주 들어가는 좋은 식재료인데?"

"푸하하, 진짜 무섭다는 게 아니라 속담이잖아. 거봐, 좁아터진 땅속에만 있으니 아는 게 없지."

"속담만 많이 알면 뭐 하니? 바깥세상 헤맬 시간에 맛있는 죽이나 한 그릇 더 만들어 먹겠다. 치!"

"발끈하기는……. 내 말은 여행을 하다 보면 위험한 순간도 있지만, 멋진 경험을 할 수 있다는 거야. 한번은 고양이랑 같이 여행한 적도 있었어."

"고양이랑?"

두더지는 고양이와 들쥐가 같이 있는 모습이 떠올라 웃음이 터져 나왔다.

"언젠가 번개와 천둥소리가 무서워 집에 못 가고 있는 고양이를 만났어. 그래서 내가 두르고 있던 보자기를 고양이 머리에 씌우고 귀를 틀어막게 한 다음 집에 데려다줬지 뭐야."

"고양이가 순 겁쟁이였구나. 하하하."

"그런데 고양이 엄마가 나를 보고는 저녁거리로 착각하는 거야. 얼마나 놀랐던지. 하하하. 어쨌든 그날 이후로 우린 친해졌어. 이게 바로 여행의 묘미지. 덕분에 너처럼 겁은 많아도 마음은 따뜻한 우물 안 두더지도 만났잖아, 안 그래?"

산들이는 곁눈질로 두더지를 보며 빙그레 웃었다.

산들이의 선물

산들이는 집 안을 이리저리 둘러보다가 부엌 벽에 덕지덕지 붙어 있는 메모지들을 보았다.

"이건 다 뭐야?"

"그동안 내가 개발한 레시피를 적어 놓은 거야."

"오, 요리 솜씨가 꽤 좋은가 본데? 아까 먹은 수프도 진짜 맛있었고."

"뭘, 별것도 아닌데."

두더지는 왠지 쑥스러워 얼굴이 빨개졌다.

"밖에 나가면 맛있는 재료들이 훨씬 많아. 너희 집 바로 위 언덕에도 밤나무가 있던데? 참, 네가 요리에 관심이 많다니까 생각났는데, 울퉁불퉁 언덕 꼭대기에 복숭아나무가 있대. 천국에서나 맛볼 수 있는 기가 막힌 맛의 복숭아가 열린다지 뭐야. 하지만 가는 길이 너무 험해서 도중에 포기하기 일쑤래. 날아가는 새들이나 겨우 맛볼 수 있다

나? 지금이 가장 맛있을 때라는데……. 나도 그 달콤한 복숭아를 한번 먹어 봤으면……."

산들이는 군침을 흘리며 말했다.

"천국에서나 맛볼 수 있는 복숭아……."

두더지는 귀가 솔깃했다. 하지만 무서운 녀석들이 득실거리는 대낮에 땅 위로 올라가는 건 꿈도 꾸기 싫었다.

"에이, 겁쟁이. 표정을 보니 나가기가 무서운 거지?"

산들이는 실눈을 뜨고 놀리듯 말했다.

"아, 아니야. 먹을거리는 여기도 충분하거든. 아무튼 이렇게 된 거 우리 집에서 저녁도 먹고 며칠 쉬었다 가는 게 어때? 마침 내가 새로 개발한 음식들도 맛볼 겸."

"그럼, 그럴까?"

그날 오후 산들이는 두더지를 도와 지붕을 고치고 청소를 거들었다. 일하다 보니 어느새 창밖으로 어둠이 밀려오고 뱃속에선 배고픔이 몰려왔다.

저녁으로 식탁에 차려진 음식은 산들이가 뽑아 온 당근

을 곁들인 지네구이와 딱정벌레땅콩볶음, 애벌레감자튀김 이었다. 지금껏 두더지가 애써 생각하고 만든 요리들을 누군가 먹고 맛있다고 말해 준 적은 한 번도 없었다. 두더지는 자기가 만든 음식을 먹고 맛있다고 호들갑 떨던 산들이의 모습을 다시 한번 보고 싶었다.

"와! 정말 맛있다. 이렇게 맛있는 음식은 난생처음이야. 솜씨가 정말 대단하다."

고개를 끄덕이며 먹성 좋게 먹는 산들이를 보며 두더지는 속으로 기뻐 어쩔 줄 몰랐다. 그날 이후 두더지는 산들이에게 날마다 맛있는 음식들을 만들어 주었다.

배불리 먹고 난 뒤면 산들이는 차를 마시며 바깥세상의 재미있는 이야기를 들려주었다.

'아! 바깥세상에 나가면 아마도 내가 몰랐던 멋진 일들이 기다리고 있겠지? 겁이 나긴 하지만 꼭 한번 가 보고 싶기도 해.'

두더지는 산들이의 이야기를 들을 때마다 조금씩조금씩

마음이 흔들렸다.

어느 날 두더지가 해 준 맛있는 음식을 먹고 통통하게 살이 오른 산들이가 말했다.

"여기에 더 있다가는 뚱뚱해져서 걷지도 못하고 굴러다 녀야 할 것 같아. 땅속에만 있으니 답답하기도 하고. 이제 그만 떠나야겠어."

두더지는 무척 아쉬웠다.

"산들아, 그동안 너랑 함께 지내면서 무척 즐거웠어. 언 젠가 너에게 맛있는 요리를 또 만들어 주고 싶어. 다시 놀 러 올 거지, 응?"

"그럼, 물론이지."

산들이가 떠나는 날, 두더지는 여행길에 먹을 도시락을 챙겨 주었다.

"참, 이거 받아. 안경이야. 만약 네가 마음이 바뀌어 여 행을 떠나게 된다면 이 안경이 도움이 될 거야. 그동안 고 마웠어. 또 보자. 안녕."

두더지는 휘파람을 불며 경쾌하게 걸어가는 산들이의 뒷모습을 한참 바라보았다.

'멋진 녀석이야. 잘난 척이 심하긴 하지만 말이야.'

두더지는 산들이가 선물로 주고 간 안경을 물끄러미 쳐다보다 생각에 잠겼다.

'난 정말 소심한 겁쟁이일까? 땅 위로 조금 솟은 창문으로 보이는 풍경이 내가 아는 세상의 전부야. 이런 내가 정말 바보는 아닐까? 대체 세상은 얼마나 넓은 걸까?'

다음 날, 아침 일찍 눈이 떠진 두더지는 산들이가 준 안경을 끼고 창밖을 내다보았다.

"와! 잘 보여."

지붕 위 언덕엔 산들이 말대로 커다란 밤나무가 있었고, 그 아래로는 노란 꽃들이 아침 바람에 여린 꽃잎을 살랑살랑 흔들고 있었다.

"만약 이 안경을 끼고 용기 내어 밖으로 나간다면……, 그리고 그 복숭아를 따서 파이를 만들어 산들이를 초대한

다면……, 얼마나 좋을까?"

두더지, 밖으로 나가다

날마다 고민하던 두더지가 드디어 마음을 정했다. 바깥 세상으로 나가기로.

두더지는 여행을 떠날 채비를 했다. 처음으로 집을 떠나는 거라 무엇을 챙겨 가야 할지 한참을 고민했다.

"햇볕을 가려 줄 모자랑 잘 때 바닥에 깔 담요도 있어야 할 거야. 물통이랑 도시락도 가져가야지. 참, 안경도 절대 빠뜨리면 안 돼."

두더지는 바리바리 챙긴 가방을 메고, 안경을 쓰고, 숨을 크게 한 번 들이쉰 다음 문을 나섰다. 설레기도 했지만,

막상 사방이 탁 트인 넓은 곳에 나오니 더럭 겁이 났다. 저 높은 하늘 위에서 금방이라도 솔개가 나타나 날카로운 발톱으로 덮칠 것만 같고, 풀숲에서 여우나 오소리가 갑자기 툭 튀어나와 무서운 이빨을 드러낼 것만 같았다.

그때 귀여운 박새들의 재잘거림과 개똥지빠귀의 아름다운 노랫소리가 이곳저곳에서 들려왔다. 가만히 파란 하늘

을 올려다보니, 몽실몽실 떠가는 뭉게구름이 두더지의 용

감한 여행길을 응원하며 이끄는 듯했다.

　어느덧 숲으로 이어지는 오솔길이 나타났다. 두더지는

시끄럽게 떠드는 직박구리와 동고비를 올려다보았다. 그러

느라 빠르게 뛰어오는 토끼를 미처 보지 못하고

부딪치고 말았다.

"앞을 잘 보고 다녀야지!"

바닥에 넘어진 토끼가 일어나 먼지를 툴툴 털며 말했다.

"어, 넌 두더지 아니니? 두더지가 대낮에 땅 위를 걷고

있다니 놀라운걸!"

토끼는 휘둥그레진 눈으로 두더지를 내려다보았다.

"에헴, 뭐 그럴 수도 있지."

두더지는 땅에 떨어진 안경을 다시 쓰며 별일 아니라는 듯 헛기침을 했다.

"너, 꽤나 용감하구나. 내가 아는 두더지들은 하나같이 겁쟁이들이라 밤이 돼서야 땅 위로 나오는데."

두더지는 뜨끔했지만 내색하지 않고 말했다.

"난 지금 여행을 하고 있어. 넓은 세상을 구경하는 중이지."

두더지는 안경을 올려 쓰며 어깨를 으쓱했다.

"그래? 멋진 생각이야. 그럼 좋은 여행이 되길……, 안녕."

토끼가 뒤돌아 가려는데 두더지가 얼른 물었다.

"토끼야, 혹시 울퉁불퉁 언덕이 어디 있는지 아니?"

"설마 복숭아 따러 가려는 건 아니겠지? 말도 마. 나도 얼마 전에 친구랑 같이 갔다가 복숭아는 구경도 못 하고 엄청 고생만 하고 돌아왔다니까.”

토끼는 고개를 절레절레 흔들며 말했다.

“그래도 큰맘 먹고 여행을 나왔는데 한번 꼭 가 보고 싶어. 할 일이 있거든.”

“그래? 그렇다면야, 뭐. 이 오솔길을 따라 곧장 가다 보면 두 갈래 길이 나올 거야. 그중에서 커다란 바위가 있는 왼쪽 길로 가. 조금 걷다 보면 냇물이 나오는데, 그 건너편이 바로 울퉁불퉁 언덕이야. 꼭 성공하길 바라. 안녕.”

두더지가 고맙다는 인사도 제대로 하기 전에 발 빠른 토끼는 벌써 저만치 멀어지고 있었다.

숲은 어딜 가나 보물 창고였다. 눈길을 주는 곳마다 무화과, 머루, 다래 같은 달콤한 열매들이 가득했다. 열매를 따 주머니에 넣고 야금야금 먹으며 걷다 보니 두 갈래 길이 나왔다. 기분 좋게 콧노래를 흥얼거리며 토끼가 말한 길로 접어들자, 이내 커다란 냇물이 앞을 가로막았다.

"아, 아까 토끼가 말한 냇물이 여기구나. 여길 건너면 그 복숭아나무가 있는 언덕이?"

두더지는 산들이가 말한 복숭아 생각에 빨리 냇물을 건너고 싶어 안달이 났다. 헤엄치는 걸 좋아하는 두더지였지만, 냇가 반대편까지 거리가 멀어 망설이고 있을 때였다.

개구리가 커다란 나뭇잎 배를 타고 노를 저으며 지나가다가 두더지를 보고 말을 건넸다.

"두더지야, 저쪽으로 건너가려고? 내가 태워 줄까?"

"정말? 나야 고맙지. 그런데 혹시 저 언덕 위에 복숭아나무가 있니?"

"그건 잘 모르겠는데. 이곳은 처음이라. 나는 지금 여행 중이거든. 너도 여행 중이니?"

"응, 여행 중이야. 여행이 이렇게 즐거운지 몰랐어."

흔들흔들 배를 타고 가니 두더지는 기분이 좋아 눈을 살포시 감았다. 잔잔히 흐르는 물소리, 새들의 지저귐이 고요하고 평화로운 풍경과 어우러져 꼭 아름다운 그림 속

에 들어온 것만 같았다. 어느덧 건너편 언덕 아래에 도착
했다.

"이거 먹을래? 데려다줘서 고마워."

두더지는 가방에 챙겨 왔던 메뚜기튀김을 한 움큼 꺼내
배 위에 올려놓았다.

"고마워. 멋진 여행 하길 바라."

개구리는 손을 흔들며 두둥실두둥실 냇물을 따라 노를
저어 갔다.

겁쟁이 고양이를 만나다

두더지는 언덕을 올려다보았다. 하지만 복숭아나무는 보이지 않았다.

"이상하네. 토끼가 분명히 두 갈래 길이 나오면……. 아, 왼쪽이라고 했지!"

달콤한 열매에 정신이 팔려 그만 오른쪽 길로 걸어온 것이다.

"아이, 속상해. 다 온 줄 알았는데……. 그냥 돌아가기 아쉬운데 언덕에 올라가서 경치나 한번 볼까?"

두더지는 언덕 꼭대기에 올라 저 멀리 발아래로 펼쳐진

숲을 내려다보았다. 뾰족뾰족한 나무들이 울창하게 들어
선 숲 한가운데로 두더지가 금방 건너온 냇물이 구불구불
흘러가고 있었다. 두더지는 경치에 연신 감탄하며 언덕 위
꽃밭을 마구 뛰어다녔다. 활짝 핀 꽃 속에 파묻혀 뒹굴기
도 했다.

'이 달맞이꽃은 향기가 좋은데! 민들레, 토끼풀꽃으로 차도 만들고, 피자 위에 토핑도 하는 거야. 꽃비빔밥은 어떨까?'

음식 레시피가 떠오르자 갑자기 배에서 꼬르륵 소리가 났다. 두더지는 만들어 온 샌드위치 속에 갓 잡은 신선한 지렁이 몇 마리를 넣고 온갖 꽃들을 올려 먹었다. 언덕 꼭대기까지 올라오느라 힘들었던 탓인지, 아니면 아름다운

경치를 보며 먹어서인지 집에서 먹던 맛과는 완전히 달랐다. 꿀도 바르지 않았는데 꿀맛이 났다.

"아, 이런 게 여행인가 봐. 친절한 친구들도 만나고, 아름다운 경치를 보며 맛있는 식사도 할 수 있으니……. 정말 멋진 하루였어."

날이 어두워지고 고단했던 하루의 피로가 몰려오자, 두더지는 스르르 잠에 빠져들었다.

♛

다음 날 아침, 뜨거운 햇살이 내리쬐었다. 일찍부터 숲 속을 걷던 두더지는 달콤한 향기가 풍기는 곳에서 발걸음을 멈췄다. 그곳에는 산딸기가 가득했다. 정신없이 양 볼 가득 산딸기를 따 먹던 두더지는 순간 아차 했다. 산딸기 덤불 옆 개다래나무 밑에서 뒹굴며 놀고 있던 고양이와 눈이 딱 마주친 것이다.

"대낮에 두더지를 만나다니 놀라운걸."

"난 이제 죽었구나. 새로운 레시피를 잔뜩 만들어 놨는데, 한번 해 먹지도 못하고 죽게 생겼네. 그냥 집에서 맛있는 요리나 해 먹는 건데. 괜히 산들이 말을 듣고선……."

두더지는 울상을 지으며 쭝얼쭝얼 혼잣말을 했다.

"너, 방금 뭐라고 했니?"

"응? 난 이제 죽었구나……?"

두더지는 기어드는 목소리로 대답했다.

"아니, 그다음에."

"새, 새로운 레시피를 만들어 놨는데?"

두더지는 머리를 긁적였다.

"아니, 그 말 말고. 누구라고 말했잖아."

"산들이?"

"그래. 너, 산들이를 알아?"

고양이가 가까이 다가오더니 두 눈을 동그랗게 뜨며 물었다.

"응, 얼마 전 우리 집에서 잠시 머물다 친구가 됐어."

"그래? 지금 산들이는 어디 있어?"

"어딘지 모를 곳에서 멋진 여행을 하고 있겠지."

"그렇겠지. 그 녀석은 한곳에 머무르길 싫어하는 방랑자 거든. 아무튼 너 운 좋은 줄 알아라. 혹시 산들이를 만나면 안부 전해 주고."

고양이는 꼬리까지 세우며 다정히 말하더니 어슬렁어슬렁 다른 곳으로 갔다.

"후유, 산들이가 나를 살렸네. 아! 산들이가 만났다는 그 겁쟁이 고양이? 하하하. 이런 일도 생기는구나, 여행하다 보니……."

두더지는 웃음이 났다.

세상은 정말 아름다워!

산딸기 덤불을 가로질러 한참을 걸으니 드넓은 벌판이 나왔다.

"아이고, 다리야. 여기에서 잠깐 쉬었다 갈까?"

두더지는 널찍한 돌 위에 올라앉아 챙겨 온 풍뎅이튀김을 점심으로 먹었다.

후드득후드득, 쏴!

갑자기 소나기가 내리기 시작했다. 두더지는 바위틈에 들어가 비를 피했다. 그렇게 한참 시간이 흘렀다. 늦은 오후, 드디어 비가 그치고 믿기 힘든 광경이 펼쳐졌다. 하늘 위에 아름다운 색색의 리본이 동그랗게 떠오른 것이다.

"아! 이게 바로 산들이가 말한 무지개구나."

해 질 무렵, 하늘이 온통 보랏빛으로 물들었다. 노을이 지나간 자리엔 금세 어둠이 깔리고, 달과 별이 대지를 포근히 감쌌다. 두더지는 팔베개를 하고 누워 밤하늘에 빛나는 수많은 별을 바라보았다.

'하마터면 이렇게 아름다운 세상을 모르고 살아갈 뻔했잖아.'

그때였다. 별안간 별들이 땅으로 떨어지기 시작했다.

"어머나, 이게 무슨 날벼락이람! 별이 땅으로 떨어지고 있잖아?"

두더지는 벌떡 일어나 어쩔 줄을 모르고 뛰어다녔다.

"호들갑 떨지 마. 시끄러워서 잠을 잘 수가 없잖아. 아함."

바위틈에서 고슴도치가 길게 하품을 하며 걸어 나왔다.

"저건 별똥별이야. 저 먼 우주에서 날아오는 돌덩어리가

엄청난 속도로 떨어지면서 밝게 빛나는 거라고. 매일 떨어지지만 너무 작아서 잘 안 보일 때도 많아."

"와, 멋지다!"

"별똥별이 떨어질 때 소원을 빌면 이루어진다던데……."

"그래? 새로 만들 레시피는 세상에 둘도 없는 끝내주는 맛이었으면 좋겠어. 키가 더 커지고 힘이 세졌으면. 참, 울퉁불퉁 언덕에 있다는 복숭아도 꼭 먹어 보고 싶어."

두더지는 두 손을 모으고 재빨리 소원을 빌었다.

"녀석, 욕심이 끝이 없네. 그리고 혹시나 해서 말해 주는 건데, 우리처럼 작은 동물이 그 험한 언덕에 올라갔다는 얘기는 들어 본 적이 없어. 아함."

고슴도치는 졸린지 연신 하품을 하며 어디론가 사라졌다. 두더지는 떨어지는 별똥별을 다시 올려다보았다.

"하나, 둘, 셋, 넷, 다섯……."

두더지는 보석처럼 빛나는 별을 헤아리다 잠이 들었다.

다음 날 아침, 밝은 햇살이 먼 산 위에서 그물처럼 펼쳐졌다. 두더지는 풀잎에 맺힌 이슬로 목을 축였다. 주변엔 예쁜 꽃들이 가득 피어 있었다.

"와, 예쁘다. 이 꽃은 무슨 맛일까? 한번 먹어 볼까?"

"잠깐! 투구꽃이랑 백합꽃은 함부로 먹어선 안 돼."

어느 틈에 고슴도치가 톡 튀어나오며 말했다.

"그 꽃들은 예쁘지만 독을 품고 있어. 아름다움 뒤엔 항상 위험이 도사리고 있다는 걸 명심해. 장미꽃도 날카로운 가시를 잔뜩 달고 있잖아."

"그럼 넌 도대체 얼마나 아름다운 걸 네 안에 품고 있는 거야? 온몸이 가시투성이인 걸 보면 네 안에 엄청난 게 숨겨져 있나 본데?"

두더지는 호기심이 가득한 눈빛으로 물었다.

고슴도치는 보란 듯이 가시를 바짝 세우더니 말했다.

"그야 당연히 똑똑한 지혜가 숨겨진 게 아니겠어? 하하하."

'산들이만큼 잘난 척하는 녀석이 여기 또 있네.'

두더지는 입을 삐죽거렸다.

"정신 바짝 차려. 항상 배우고 지식을 쌓아야 살아남을 수 있다고."

고슴도치는 다시 바위틈으로 사라졌다.

친구들을 구해야 해!

"살려 줘, 살려 줘!"

얼마 후, 그리 멀지 않은 곳에서 다급하게 외치는 소리
가 들렸다.

"어, 이 목소리는? 맞아, 나한테 길을 알려 주었던 그 토
끼……. 그런데 무슨 일이지?"

두더지는 소리 나는 곳으로 헐레벌떡 뛰어갔다. 풀숲 돌
무더기 구멍 안으로 굵은 꼬리가 사라졌다. 흙더미 위로
창문이 보여 살며시 다가가 안을 들여다보았다. 여우 굴이
었다. 가만 보니 며칠 전에 만났던 토끼와 아까 바위틈으

로 사라졌던 고슴도치가 철창 안에 갇혀 있었다.

놀란 두더지는 다리가 후들후들 떨렸지만, 친절을 베풀어 준 친구들을 그냥 두고 갈 순 없었다.

"어떡하지? 어떻게 구해 준담. 에, 에, 에취!"

갑자기 재채기가 나오는 바람에 두더지는 그만 여우에게 들키고 말았다. 여우는 날카로운 발톱으로 창문 밖 두더지를 잽싸게 잡아챘다.

"안경 쓴 두더지라……, 정말 웃기는군. 두더지까지 제 발로 걸어 들어오다니, 내일 생일상은 푸짐하겠는걸."

토끼와 고슴도치도 단박에 두더지를 알아보고 안타까운 표정을 지었다.

두더지는 무서웠지만 여우 밥이 되고 싶진 않았다. 철창 안에서 밤새도록 빠져나갈 궁리를 하다가 깜빡 잠이 들었는데, 일어나 보니 벌써 아침이었다.

"배에서 꼬르륵 소리가 나는데 맨 먼저 뭘 먹어 볼까? 음, 이 안경 낀 두더지가 좋겠어. 아무리 봐도 웃기게 생겼

단 말이야. 좁쌀만 한 눈에 어울리지 않게 커다란 안경이

라니, 하하하."

여우 손에 끌려 나온 두더지는 움찔했다.

"이, 있잖아, 오늘이 네 생일이잖아. 케, 케이크를 먹어

야 하지 않을까? 너처럼 우아한 몸매에 윤기가 반질반질

한 멋진 털을 가진 여우가 생일을 시시하게 보낼 순 없지.

난 요리하는 두더지야. 내가 아주 맛있는 케이크를 만들어

줄게. 그다음에 날 먹어도 늦지 않잖아, 응?"

두더지는 손바닥을 비비적거리며 부드럽고 공손한 말투
로 말했다.

"생일 케이크? 그건 뭐지?"

"온갖 고소한 벌레랑 곤충을 듬뿍 얹고, 새콤달콤한 과
일에 예쁘고 향기로운 꽃을 곁들여 만든 거야. 한번 맛보
면 절대 잊을 수 없는 맛이지."

여우는 군침이 도는지 입맛을 다시다가 두더지를 노려보며 말했다.

"너, 밖으로 도망칠 속셈 아니야? 날 속이고?"

"아니야, 맹세해. 내가 무슨 수로 너한테서 도망치겠어. 그리고 난 지금 여행 중이라 며칠째 씻지도 못 했어. 냄새도 심하다고. 케이크는 나랑 비교도 안 될 만큼 맛있단 말이야. 맛없는 나 때문에 맛있는 케이크를 포기할 거야, 응? 응?"

두더지는 여우의 마음을 돌리려고 안간힘을 썼다.

두더지의 말에 솔깃한 여우는 케이크를 꼭 한번 먹어 보고 싶었다. 하지만 두더지 역시 놓치고 싶지 않아 한참을 망설이다가 말했다.

"좋아! 어차피 토끼랑 고슴도치도 이미 준비됐으니, 특별한 걸 한번 먹어 볼까?"

그러자 토끼와 고슴도치가 두더지를 흘겨보며 작은 소리로 말했다.

"이 치사한 녀석아, 도망치려는 거지? 우리만 남겨 두고, 응?"

"아니야, 두고 보라고! 난 겁은 많아도 비겁하진 않으니까."

여우 굴에서 풀려난 두더지는 숲속을 헤집기 시작했다. 향기로운 꽃, 열매, 버섯 그리고 온갖 벌레를 눈에 띄는 대로 가방에 넣었다. 두더지는 가방을 잔뜩 채운 뒤 마침내 여우 굴로 돌아왔다.

"흥, 도망치지 않고 돌아왔군. 안 오면 토끼를 먼저 잡아먹을까 생각했는데.”

두더지는 커다란 접시에 색깔이 예쁜 버섯을 올리고 알뿌리도 잘게 다져 넣었다. 그 위에 애벌레와 지렁이를 얹고 알록달록한 꽃잎을 가늘게 찢어 한 움큼 올린 다음, 마지막으로 고소하게 구운 딱정벌레와 풍뎅이를 수북이 뿌렸다. 가장자리엔 블루베리와 산딸기를 둘러 케이크를 장식했다.

“이제 다 됐어. 한번 먹어 봐.”

“음, 냄새도 좋고 제법 먹음직스러운데.”

철창에 갇힌 토끼와 고슴도치는 두더지를 도무지 이해할 수 없었다.

“참, 생일 축하 노래를 불러야지. 그리고 노래는 여럿이 불러야 더 신나지 않을까? 그래야 진짜 생일이지.”

두더지가 여우 눈치를 보며 생글생글 웃었다.

“좋아, 오늘은 내 생일이니까 특별하게 보내 볼까?”

철창에서 풀려난 토끼와 고슴도치는 두더지와 함께 여

우 옆에 둘러앉아 노래를 부르기 시작했다.

"생일 축하합니다. 생일 축하합니다. 사랑하는…… 여우의…… 생일 축하합니다."

케이크가 점점 바닥을 드러내자 토끼와 고슴도치는 벌벌 떨며 서로를 쳐다보았다. 그사이 두더지는 여우 표정을 유심히 살폈다. 그때였다.

"아야, 아야! 아이고, 배야."

여우가 갑자기 배를 움켜쥐고 데굴데굴 구르기 시작했다.

“얘들아, 어서 도망치자, 빨리!”

두더지가 큰 소리로 외쳤다.

토끼는 무슨 영문인지도 모른 채 두더지와 고슴도치를
등에 태우고 굴속을 뛰쳐나와 달리기 시작했다. 한참을
달려 드디어 안전한 곳에 도착했다.

“녀석, 제법인데. 하하.”

그제야 상황을 알아챈 고슴도치가 두더지를 보며 눈을
찡끗했다.

"응, 네가 전에 알려 줬잖아. 아름다움 뒤엔 항상 위험이 도사리고 있다고. 그래서 색깔이 아주 화려한 버섯들만 골라 땄어. 그리고 언젠가 내가 잘못 먹고 배탈이 났던 수선화랑 은방울꽃 알뿌리도 캐서 듬뿍 넣었지. 독이 있는 보라색 투구꽃과 백합도 잔뜩 넣었고. 여우 녀석, 아마 일주일은 아파서 꼼짝도 못 할걸."

"맞아. 하하하."

고슴도치가 한바탕 크게 웃었다.

"아, 그랬구나. 두더지야, 고마워."

토끼도 비로소 이유를 알고 활짝 웃었다.

"너희도 나를 도와주었잖아. 당연히 할 일을 했을 뿐이야."

두더지는 친구들과 아쉬운 작별을 하고 울퉁불퉁 언덕을 향해 다시 발걸음을 옮겼다.

복숭아나무를 찾아서

"그거 알아? 드디어 울퉁불퉁 언덕 복숭아나무에 열매가 열렸대. 얼마 전에 딱따구리랑 직박구리가 복숭아를 먹고 왔다는데, 정말이지 꿀맛이래. 냠냠, 얼마나 맛있을까?"

"그래? 일 년 중에 오직 지금만 맛볼 수 있다는데, 나도 꼭 한번 먹어 보고 싶다."

두더지는 나뭇가지에 걸터앉아 있는 청설모와 다람쥐의 이야기를 들었다.

"혹시 너희들, 그곳에 가는 길을 알고 있니?"

"이 오솔길 끝에 엄청나게 넓고 물살이 거친 냇물이 있어. 거길 건너야 해. 왜? 너도 가 보려고? 꿈도 꾸지 마. 운 좋게 냇물을 건넌다 해도 언덕까지 오르는 길이 너무 험해서 포기한 친구들이 한둘이 아니야. 너처럼 작고 볼품없는 두더지가 갈 수 있을 거라고 생각해? 흥, 웃긴다, 쟤."

"그러게 말이야. 우리도 못 가고 있는데."

청설모와 다람쥐는 두더지를 힐끔힐끔 뒤돌아보며 더 높은 나뭇가지 위로 사라졌다.

두더지는 길옆 바위에 올라앉아 생각에 잠겼다.

'가는 길이 만만치 않겠지? 내가 해낼 수 있을까? 하지만…… 산들이에게 그 복숭아를 꼭 맛 보이고 싶어. 또 달콤한 복숭아로 여러 가지 요리를 만들면 얼마나 맛있을까?'

두더지는 생각만으로도 가슴이 콩닥콩닥 뛰었다. 한참을 망설이던 두더지는 마침내 벌떡 일어나 부지런히 걸음을 재촉했다. 비록 키도 작고 다리도 짧아 뒤뚱거리며 걷는 폼이 우스꽝스럽긴 해도, 어깨를 펴고 씩씩하게 나아가는 두더지의 뒷모습에선 당당함이 엿보였다.

오솔길 끝에 이른 두더지는 그만 입이 딱 벌어지고 말았다. 이토록 넓고 물살이 센 냇물은 이제껏 본 적이 없었다. 두더지는 잠시 머뭇거렸지만 이내 마음을 다잡았다.

두더지는 결국 냇물로 뛰어들어 헤엄치기 시작했다. 힘을 내어 나아가다가도 물살에 휩쓸려 엉뚱한 곳으로 떠내려가기 일쑤였다. 큰 물살이 쏜살같이 두더지를 덮쳤다.

"푸우, 푸우. 이러다 죽는 건 아닐까? 아니야. 정신 바짝 차려야 해. 고슴도치가 그랬잖아. 어! 나뭇가지다."

마침 냇가에 커다란 나무가 쓰러져 물속에 가지를 드리우고 있는 게 보였다. 두더지는 길게 뻗은 나뭇가지를 간신히 붙들고 나무 위로 기어 올라갔다. 운 좋게도 나무는 물살에 떠밀려 냇물 건너편까지 다리를 만들어 주었다. 두더지는 가까스로 울퉁불퉁 언덕에 도착할 수 있었다.

"와! 저 꼭대기에 나무가 보여. 복숭아나무가!"

코끝에 달콤한 복숭아 냄새가 풍겨 왔다. 갑자기 불끈 힘이 솟았다.

"난 할 수 있어. 여우 굴에 잡혀가서도 살아남았잖아? 조금만 힘내자. 이제 거의 다 왔어."

손에 닿을 듯 말 듯 가도 가도 끝이 없는 험난한 길이 이어졌다. 두더지는 나무뿌리와 풀잎을 부여잡기도 하고, 길게 휘어진 꽃줄기를 타고 바위에 몸을 던지기도 하면서 열심히 돌투성이 언덕을 올라갔다.

드디어 두더지 앞에 복숭아나무가 늠름하게 모습을 드러냈다. 두더지는 가쁜 숨을 몰아쉬며 바닥에 털썩 주저앉았다. 나무 위를 올려다보니 탐스러운 분홍빛 복숭아가 주렁주렁 열려 있었다. 하지만 두더지가 오르기엔 턱없이 높은 가지에 달려 있어 그림의 떡이었다. 별안간 눈물이 핑 돌았다.

그때 무슨 일인지 가지가 출렁이더니 복숭아 한 개가 바닥으로 툭 떨어졌다.

"어서 먹어. 용감한 두더지야."

딱따구리가 복숭아나무에서 땅으로 내려오며 말했다.

"정말 고마워."

힘겹게 언덕을 올라오느라 목마르고 지친 두더지는 복숭아를 한입 크게 베어 물었다. 입에서 살살 녹는 것이 정

말 꿀맛이었다.

"난 네가 거친 물살을 헤치고 험한 돌투성이 언덕을 기어오르는 걸 지켜봤어. 도와주고 싶은 마음은 굴뚝같았지만, 내가 해 줄 수 있는 게 없었어. 그저 묵묵히 널 응원하고 있었지."

"날 위해 싱싱한 복숭아를 떨어뜨려 주었잖니! 정말 고마워."

두더지는 어느새 복숭아 한 개를 뚝딱 먹어 치웠다.

"미안하지만, 한 개만 더 따 주면 안 될까? 내 친한 친구에게 꼭 맛 보여 주고 싶거든."

"물론이지."

두더지는 딱따구리가 따 준 크고 탐스러운 복숭아를 가방에 고이 넣고 언덕을 내려오기 시작했다. 복숭아를 먹고 힘이 난 두더지는 딱따구리의 응원을 받으며 무사히 언덕을 내려와 냇물을 건넜다.

독수리를 구하다

즐겁고도 힘들었던 여행의 끝에 복숭아를 얻어 마냥 기뻤던 두더지에게 또다시 시련이 닥쳤다.

"마침 배고팠는데 땅 위를 돌아다니는 두더지를 만나다니, 오늘은 운이 좋은걸."

오소리는 군침을 삼키며 두더지를 노려봤다.

"킁킁. 이 달콤한 냄새는 뭐지? 혹시 울퉁불퉁 언덕에 있다는 그 복숭아? 너같이 작고 겁 많은 두더지가 직접 땄을 리는 없겠고. 어디서 훔친 거야? 이리 내, 어서."

오소리는 날카로운 발톱을 들이대며 가방을 낚아채려고

했다. 두더지는 뒷걸음질하며 가방을 뒤로 숨겼다. 어떻게 얻은 복숭아인데, 절대로 뺏길 수 없었다. 문득 안경이 생각났다.

"잠깐! 오소리야, 네 시력이 나쁘다는 거 알고 있어. 나 대신 이 안경은 어때? 먹이 사냥하는 데 도움이 될 거야."

오소리는 관심이 가는 듯 안경을 요리조리 살폈다.

"이 안경이랑 네 목숨이랑 맞바꾸자는 말이니? 내 앞에서 겁도 없이 까불다니. 좋았어. 그렇다면 이 안경도 갖고 복숭아도 내가 먹어 주겠어. 물론 너도 잡아먹어야지."

독수리를 구하다 ♛ 73

오소리는 두 눈을 부릅뜨고 두더지에게 달려들어 가방을 빼앗으려고 했다. 그때 바로 위에서 날아오는 독수리를 발견했다. 오소리는 기겁하며 빼앗은 가방도 내팽개치고 재빨리 수풀 속으로 도망쳤다. 독수리를 보지 못한 두더지는 갑작스러운 오소리의 행동에 당황스러웠지만, 그저 감사할 뿐이었다.

"후유, 하마터면 다 빼앗길 뻔했네."

땅바닥에 널브러진 안경과 가방을 주섬주섬 챙기던 두
더지는 검은 그림자가 뒤에서 쏜살같이 덮쳐 오는 걸 느꼈
다. 순간 발이 얼어붙어 꼼짝할 수 없었다. 지칠 대로 지
친 두더지는 질끈 눈을 감았다. 그런데 한참이 지나도록
아무 일도 일어나지 않았다.

'나, 죽은 건가?'

살며시 눈을 뜨고 뒤돌아보니 독수리 한 마리가 쓰러져 있었다. 독수리는 땀을 흘리며 기진맥진하고 있었다.

'어디 다쳤나? 하지만 나랑 무슨 상관이람. 아, 그래도 도와주는 게…….'

두더지는 여행하며 여러 친구들에게 도움받았던 일들이 떠올랐다. 아무래도 안 되겠다 싶어 물통을 꺼냈다. 하지만 물통은 텅 비어 있었다. 두더지는 가방에 고이 넣어 둔 복숭아를 보았다.

'산들이를 위한 건데……. 그래도…….'

두더지는 망설이다가 결국 복숭아를 조금씩 떼어 즙을 내 독수리 부리에 흘려 넣어 주었다. 그리고 커다란 토란 잎을 꺾어 와 독수리 몸 위에 그늘을 만들어 주고 시원하게 부채질도 해 주었다.

얼마나 지났을까, 독수리가 눈꺼풀을 조금씩 움직이더니 눈을 번쩍 뜨고 고개를 치켜들었다.

두더지는 소스라치게 놀라 그만 뒤로 자빠졌다.

"네가 날 살린 거니?"

독수리가 부드러운 말투로 묻자, 두더지는 머뭇거리며 대답했다.

"으, 응. 네가 쓰러져 있길래. 이, 이제 괜찮아?"

"응. 뜨거운 햇볕 아래서 오랫동안 쉬지 않고 날았더니 그만. 그런데 넌 대낮에 겁도 없이 밖을 돌아다닌 거니? 배짱 한번 두둑하구나."

"여행을 마치고 집으로 가는 길이었어."

"이야, 멋진 녀석이네. 그런데 이 달콤한 맛은 울퉁불퉁

언덕에 있는 복숭아 아니니? 어렵게 구했을 텐데 나를 위
해 나눠 주다니, 정말 고맙다. 덕분에 살았어."

"아이, 뭘."

두더지는 쑥스러워 얼굴을 붉혔다.

"너, 집이 어디니?"

"커다란 밤나무가 있는 미나리아재비 언덕 아래야."

"아, 거기? 알았어. 내가 집까지 태워다 줄게. 내 등에
올라타. 어서."

독수리는 한쪽 날개를 두더지 쪽으로 펼쳤다.

두더지는 망설이다가 어서 타라고 눈빛을 보내는 독수
리 등에 조심스럽게 올라탔다.

"꽉 잡아. 떨어지지 않게."

두더지는 몸이 갑자기 붕 떠오르자 어지럽고 얼떨떨했
다. 하지만 곧 하늘을 날고 있는 자신이 놀랍고 신기했다.

'와! 내가 하늘을 날다니!'

두더지는 저 아래로 끝없이 펼쳐진 아름다운 경치를 보

며 감격스러워 한참을 울먹였다.

드디어 집 근처에 다다랐다. 두더지를 땅에 내려 주며

독수리가 말했다.

"내가 친구들한테 미나리아재비 언덕엔 얼씬도 하지 말라고 말해 둘게. 내 다정한 두더지 친구가 살고 있다고 말이야. 그리고 앞으로 복숭아는 내가 실컷 따다 줄게. 그럼 잘 가."

독수리는 한 번 뒤돌아보더니 힘찬 날갯짓을 하며 높이 날아올랐다.

"내가 다정한 친구라고?"

두더지는 괜스레 마음이 벅차올라 웃음이 나왔다.

집으로

두더지는 설레는 마음으로 그리웠던 집을 바라보았다.
그런데 집 굴뚝에서 연기가 모락모락 피어오르고 있었다.

"킁킁, 이건 내가 좋아하는 딱정벌레튀김 냄새인데…….
도대체 어떤 녀석이 내 집에 있는 거야?"

씩씩대며 집 안으로 달려 들어간 두더지는 깜짝 놀랐다.

"안녕, 친구! 오랜만이야. 집 비우고 어디 갔었어?"

산들이가 웃는 얼굴로 맞아 주었다.

"네가 어떻게?"

"네가 해 준 음식이 먹고 싶어 견딜 수가 있어야지. 네 레시피 보고 한번 따라 해 봤어."

해맑게 웃으며 말하는 산들이를 마주하자 두더지는 놀라움도 잠시, 덩달아 기분이 좋아졌다.

"그래? 대단한데! 마침 배고팠는데 잘됐다."

"그동안 어떻게 지냈는지 맛있는 저녁 먹으면서 얘기나 실컷 들어 볼까?"

서둘러 음식을 차리려는 산들이를 두더지가 붙잡으며 말했다.

"그 전에 산들아, 이것 봐. 그 복숭아야. 너랑 같이 먹으

려고 따 왔어.”

산들이는 두더지가 내민 복숭아를 보고는 깜짝 놀랐다.
그리고는 한동안 말없이 두더지 얼굴만 쳐다보았다. 산들
이는 상처투성이가 된 두더지의 두 손을 보았다. 산들이는
두더지를 꼭 끌어안고 등을 토닥였다.

“먹어 봐, 어서. 먹고 싶어 했잖아.”

산들이는 달콤한 복숭아를 한입 베어 먹었다. 단물이
뚝뚝 떨어졌다.

"진짜 맛있다. 네 덕분에 이렇게 귀한 복숭아를 먹어 보다니……, 넌 정말 나의 멋진 친구야."

산들이는 눈물을 글썽거렸다.

잠시 후, 식탁에 맛있는 음식을 차려 놓고 산들이와 두더지가 마주 앉았다.

"정말 복숭아를 구하러 갔던 거야?"

산들이가 다정한 눈빛으로 물었다.

"응. 겸사겸사 여행도 해 보고 싶었고. 있잖아, 여행 중에 네가 말했던 겁쟁이 고양이를 만났지 뭐야? 잔뜩 겁을 먹고 혼잣말로 네 이름을 중얼댔는데 단번에 알더라고. 네 안부를 묻더라. 아무튼 네 덕분에 살았어."

"거봐, 여행하다 보면 재미있는 일이 생긴다니까. 사실 부끄러워서 말 못 했는데, 나도 그 울퉁불퉁 언덕에 가려고 냇물까지 갔다가 다시 되돌아왔어. 그런데 넌 포기하지 않고 끝까지 올라가서 복숭아를 따 오다니. 네가 정말 자랑스러워."

"네 덕분에 멋진 경험을 하고 나니 우리가 살고 있는 이 세상이 참 아름답다는 생각이 들어. 이젠 나도 조금은 자신감이 생긴 것 같아."

"그럼 우리 다음엔 같이 여행 갈래? 너랑 함께 간다면 두려울 게 없을 것 같아."

산들이가 두 눈을 반짝이며 말했다.

"그럼, 좋고말고. 여행은 같이 가야 제맛이지."

두더지는 너스레를 떨었다.

"산들아, 우리 내일은 남은 복숭아로 파이를 만들어 먹을까?"

"당연히 좋지."

♔

두더지 집 창가에선 밤새 맛있는 음식 냄새와 함께 이야기 소리가 끊임없이 흘러나왔다. 달님도 별님도 창가에 바짝 귀를 기울이며 두더지와 산들이의 이야기를 들었다.

저학년의 품격 20

그렇게 두더지는 여행을 떠났다

초판 1쇄 2024년 11월 4일

글 | 김지원 그림 | 웰시코기사이클링클럽
펴낸이 김혜연 | 책임편집 하늬바람 | 북디자인 design S
펴낸곳 책딱지 | 등록번호 제2021-000002호 | 등록일자 2021년 1월 5일
전화번호 070-8777-2737 | 팩스 02-6455-2737
주소 서울특별시 강서구 우장산로2길 45, 연무빌딩 401호(내발산동)

© 김지원, 웰시코기사이클링클럽, 2024

ISBN 979-11-93215-10-4
ISBN 979-11-973753-0-9 (세트)

• 제조자명: 책딱지
• 주   소: 서울특별시 강서구 우장산로2길 45, 연무빌딩 401호(내발산동)
• 전화번호: 070-8777-2737
• 제조연월: 2024. 11. 4.
• 제조국명: 대한민국
• 사용연령: 8세 이상